刘天昭，女，1977年出生于吉林省乾安县。已出版散文集《毫无必要的热情》《出神》两种，长篇小说《无中生有》，诗集《竟然是真的》。

变得厉害

刘天昭

上海文艺出版社

# 目 录

1 树下

3 童年

5 猫

6 湖

8 明早下雨

9 女人四十

10 余光

11 历史

12 10月4号

14 树叶

15 门口

16 冬日午后

18 夕阳来得很早

19 古人

21 爱的缺失

22 变得厉害

23 这里

24 天气

26 公园

29 临时的

31 挖掘机

33 恐慌

35 可乐时光

37 榛蘑

39 烟花

40 准确

42 在购物中心儿童游乐场想念华莱士

45 束手

46 在海洋球池

48 笼中

50 看不出来

52 漩涡中心

54 年龄

55 古诗

57 四十五

59 帚

60 熟

61　买股票

63　现在

65　有时

66　私心

67　第二天

68　秘密

70　到时候再说

72　千秋雪

74　窗景

75　史多比亲子乐园

77　出租车带我经过我从未去过的街区

78　雨夜即事

80　太快了

82　吹牛

83　阿那亚

85　作者

87　无名草

88　秋天

89　深度

91　深秋的黄昏

93　男孩的妈妈

| | |
|---|---|
| 95 | 盒子咖啡厅 |
| 97 | 站了一下 |
| 99 | 看不清 |
| 101 | 宝宝 |
| 102 | 被打败的怪兽 |
| 105 | 涌现 |
| 107 | 冬日 |
| 108 | 礼物 |
| 110 | 知道 |
| 111 | 2023 年 12 月 29 日下午 |
| 113 | 酱 |
| 115 | 一望之地 |
| 116 | 浪子 |
| 117 | 厨房朝西 |
| 118 | 朗原家 |
| 120 | 桂林路 |
| 121 | 也有好的时候 |
| 123 | 在北京过年 |
| 125 | 冬瓜皮色儿 |
| 127 | 机器人 |
| 129 | 这不是比喻 |

131　隔间

132　爱上它

133　在医院

135　没有疯

137　知识

139　第一次

140　贪心

142　狗窝

143　渲染

145　不年轻的女人

146　鲁莽

147　不够用了

149　西山

150　假日在郊区景点

152　朋友

153　禁止

155　深夜大街

157　落日珊瑚

159　首钢园

161　传说

162　可怜

163　英雄

165　老年

166　不可能的

167　不敬的比喻

168　《绿光》

170　隔窗

171　后记：2022

# 树下

陪小孩在树下挖土

一只鸟的影子在头顶掠过

很大,很重,很低,很快

对它的意识是仓促的

而且无法放置

怎么都像是有点做作。

但是马上又有两只

更饱满地感觉到了

真的听见振翅的声音

那短暂的愉快的凝聚

令我警觉——危险!

赶紧,几乎是同时

转回来看小孩挖土

他跟之前一样,安全。

随即看见刚才的情节

那痕迹正在脑海中淡出

我想这痕迹也可能是杜撰

同时感到辨识真假的工作

此刻无法承受——

把自己逗笑了——

赶紧转出来看小孩

依然在树下挖土

好像已经过去了很久。

        2021/5/6

# 童年

午后去物业打疫苗

快走到的时候

遇见楼下喜乐的奶奶

她说,人多,晚点再来

我说,是啊。我继续走

人们从各个方向走过来

初夏的风吹涌初夏的绿

路上白亮白亮的

这是像过去,哪一年呢

小学教室楼下大街上

刚刚茂盛的大杨树底下

青年们打着红色的横幅走过

并不像那一年,像那年之前

茫茫的,任意一个初夏

平坦的,广阔的,灰土扬尘的

苏维埃，因为童年变得可爱
一切的裂痕都不被察觉
一切的裂痕都并不存在
在裂开之前。忽然此刻
就不再安稳，特别珍贵。

        2021/5/11

# 猫

雨后的阴天,草木盈绿清楚

亭子里几个老头下象棋

小孩子远远近近笑着叫着

忽然一只雪白的大猫奔腾

一只漆黑的大猫紧追

大白尾巴大黑尾巴粗壮柔软

飞过去了,真是动人心魄啊

飞过去了,绕着花圃打了两圈

那黑猫停下,听了一会儿

真是寂寞啊!踱到花丛里

露出两个黑耳朵,警觉

生命啊,在美与惊恐之间

2021/8/15

# 湖

礼拜天没人帮忙

自己烤鱼,炒青菜

给小孩煮面条

收拾碗筷的时候看见风停了

三个人一起下楼,扔垃圾

在小区走了一圈儿

又去文具店看水枪

都太大了,买了一个沙包

出来天还亮着

但是又起风,就回家了


这几天读一本书,介绍说译者

八十年代初去德国留学

就在那里定居了。影影绰绰

我对她有许多想象

刚才觉得可能也差不多

山洞深处有光亮的湖

开阔然而仍旧是封闭的

                                    2021/5/23

# 明早下雨

天气预报显示,明早五点下雨

可能会在半醒中听见,满意地翻身睡去

起来天地昏昏,开窗雨声轰然

水气冰凉,无数个雨天合一而来

散匀了在身体里,还是此刻

伞花忙碌,快递小哥奔跑

不必走过去就看见另一扇窗外

楼缝之间那一段绿树掩映的铁路

轻轨电车像一溜剑气,穿过雨雾茫茫

窗里电饭锅亮着红灯,粥早已煮好

是一个真实的早晨,有真实的模糊

和清晰的感慨,怎么不如昨天预想的时候

那样感受丰满,紧密,像雨天的定义

2021/5/14

# 女人四十

"啥事儿没有啊,嗯

窦卵泡少,四十——

四十三,也差不多了。"

回想这句话的时候,正匆匆

走在医院门口的拱桥上

去找她的小胖孩子

亭子那边传来吵闹的歌声

转过来就看见生机勃勃的

老年女人在跳舞

真像电影里的一幕,好的电影

镜头不远不近跟着女人四十

但是看电影的人

他们懂什么!

      2021/9/6

# 余光

要非常疲惫,非常不自由
要用掉主要的几乎是全部的力气
才能完全无辜地,完全被动地
完全是被赐福的
在余光中看见,细草在初秋的风中
轻轻摇动。过去很久、也许有半秒
才在心里看见,心里微微颤了一下。

2021/9/17

# 历史

可能因为雨雾濛濛的天气
中午睡觉的时候梦见在广州
跟朋友坐在大厦裙楼的露台上吃西餐
看着半空中轻轨列车在招牌密林之间驶过
心里知道是日新月异过于繁盛的意思
非常挣扎,又挣扎不出来,不能
从安稳的幻觉也许是老年人背过身去的
舒服的叹息中挣扎出来,在那里
历史是幻景而生命中有永恒
不知道为什么感到迫切,又预感到吵闹
在非常烦闷的心情中醒来
觉得有什么东西松动了
——继而理性感到愉快。

2021/9/26

# 10月4号

1.
10月4号总是最寥落的
那些出去玩的恐怕也是
回老家的也是。小区里
阴天一览无余,十一点
不到,食堂门口就排起
了长队,但是并不交谈

2.
明净的阴天,起了秋风
在树冠中簌簌地回旋
送来收割过后的田野
即将被遗弃的天地
曾经是多么坦然地荒芜
而亿万年的记忆,轻袅袅

在呼吸间不可辨认,想来
那是对艰难冬日的预感
匍匐的人啊曾经多么庄严

                        2021/10/4

# 树叶

阴天,五个工人散在草地上扫树叶
梭,梭,梭,很缓慢,简直像是修行
一会儿就聚在一起,站得也有点距离
但是都停下来,两个人抽烟
另外三个也没有几句话。阴天。
很快这一片收完了,小三轮车突突突
开过去,怎么车上只有三个人
一个胖哒哒的招呼小孩,上来啊
坐车玩儿啊。远去了。我看见十几年后他们
从平原的四面八方,重聚,在萧萧的树下
喝热乎乎的酒。那是不可能的。也许从手机上
知道某一位的死讯,与另一位感慨一声。

2021/11/1

# 门口

每天上午带小孩出去玩

有时候他在雨棚底下站一会儿

不知道看什么,仿佛下着雨似的

有时候跑下坡道,在路边停下

站一会儿,有时候站很久

才又跑起来,或者抬头看我

我很羡慕他,心里有闲的时候

走到室外的三五步之间

我也可以模模糊糊

感受到外套内部的风

2021/11/9

# 冬日午后

有一天中午晒得热烘烘的,我打开侧窗
探到小阳台上去拿苹果,没有风
静止的浅蓝色的寒冰袭进胸腔,久违了
一簇古老的神经元聚合瞬间激活
是的像石头落入水面,而这水面
有太多交缠的涟漪彼此阻碍,滞重消融
谁也无法清楚,只有更高的意识干枯地
知道了。是的我在阅读一本关于大脑的书
躺在沙发上偶尔看见捏着书页的手指
皮肤与骨肉分离了,在阳光下特别
陌生,巨大的恐惧的怪兽远远的
是明亮的浅浅的影子,被拒绝——
消散了,剩下隐隐的不安几乎像是感动
手表在天花板上晃动的光斑忽然被看见
一簇古老的神经元聚合瞬间激活

印着乘法表的金铜色文具盒来到眼前

更高的意识看见那清楚里有许多知识的描画

还有什么比知识更清楚,更干枯

怀抱着只能偶遇的深渊

披挂着曝光过度的觉醒

正在、赤身穿过人生。

2021/11/28

## 夕阳来得很早

夕阳来得很早

厨房西窗上一层水雾

我在煮玉米

孩子的爸爸在身后

水池边掐虾头

烹饪各自的童年

半新半旧的味道

在半新半旧的此刻

浑浊的几乎油污的甜

几乎满意几乎要轻快

轻快的不去面对的诀别

不知羞耻,不疼痛

2021/12/6

# 古人

在早春猩红的夕照中洗地瓜
竟然已经开始担忧下一个冬天
因为太盼望，盼望浩荡的春风
吹干心中的泥沼，让我重新
活在星空下。没有四季强劲的轮转
病人如何短暂地回忆生命？
中年偏右，似乎难免要归于一个古人
智慧或懒惰，复活一个原型。
刚刚看见一个年轻女孩，在微博上
那么轻快，那么聪敏，水晶一般
迷人地，相信技术，相信未来。
也许健壮的人勇往直前，可以免于
陷入泥泞的经验。真羡慕啊
一匹白马，沐浴在新鲜里
带来所有的希望。只是想象。

在最好的情况下,这想象一直
在我灰黑的心里奔腾——
请春风帮助我,帮助我归于
一个干燥、沉勇的古人。

2022/2/4

## 爱的缺失

事隔多年,重新发现爱的缺失
不是一个空洞,是一块白色异物
也许是渴望,在意识的光照下
呆若青蛙。意识之光早已弥散
与满腔重负搅拌,正在凝固
裹住。精致的坚强揽镜自照
终究归于傲慢。必然被察觉的。

2022/3/5

## 变得厉害

出去扔垃圾,曾老师说,回来写首诗啊。
因为去年真有好几次,回来写了诗,
带着生气。想起来非常陌生。变得厉害。
晨钟暮鼓,把人变得厉害。
一切都在更快地变成往事。
往事越来越轻薄,飘来飘去
总是飘来飘去。其实此刻也非常陌生
非常轻薄,薄得已经不够变成往事。
从来不曾如此摸黑,被运行,不知道
要变成什么,只知道变得厉害。
不疼,只是累。勇敢地麻木。

2022/3/5

# 这里

喂完小孩,孩子爸爸也吃完了
我说你看他一会儿,我躺一下
躺了也许两分钟,起来盛饭
看看桌上剩菜,去拿辣椒酱
叹口气坐下,想到要喝一杯
哪有一两,也就三钱
一块钱一个的小玻璃杯
黏糊糊的。想过就算了。
薄暮冥冥。我终于来到了这里。

2022/4/5

# 天气

西北门到西南门也许有五百米

送妈妈上车,赶去给小孩喂饭

百花盛开,热风阴霾,几乎要醒来

继而意识到一种障碍

将此刻作为稠密中年的缩影储存起来

就地文学化的障碍、文学的障碍

把历史放入个人生活的透视

不过像是天气,然而并不是天气

干预的可能性,让承受不再是美德

而这可能性的可能性,可以无限复杂

离开爱恨分明,再没有海岸可以站立

这世上一直有战争,只有被谈论的

才真实。不知道是升维还是降维

立场本身成为最重要的事实

不知道是进化还是僵死,注意力

光速运动，将一切纳入刻奇

你是否相信这世上有脱离关系的纯粹主体

你是否相信有不渴望被看见的痛苦和荣誉

最浅白的是非和最深海的虚无

之间也许有五百米，百花盛开，热风阴霾

**2022/4/11**

# 公园

家门口的小破公园
柏油开裂、方砖起伏
造价低廉的大玻璃房子
建成就废弃了
水泥假扮石头砌成的小桥
倒是常有人驻足
被举起搂住的小孩,探着头
去找那两只喂得过肥的鸭子
甚至人和桥都还有倒影
在如假包换的碧波上
我非常喜欢这里,觉得自在
觉得亲切,脚踩大地的结实
那些鲜绿无暇的大草坡
让我感到脆弱,甚至紧张

那些盲道坚固的马路，那完成的
文明，我以为很快就要到达的
我的小孩的世界，我已经放弃
我已经想好了要在过于美的未来
做一个不合时宜的老太婆
就像把用过的纸巾晾干的我的妈妈
永远也不背叛她童年的委屈
拥抱出身就像拥抱自我
就像拥抱保守，拥抱祖国
从此才有不竭的谅解
去平衡美的傲慢和正义的暴力
像个家属一样收集乐观
放纵侥幸，也许这是一条奇路
不是老路。还是老路。
多么伤心啊，仿佛
土地比天空更脆弱
现实比幻想更轻浮
受苦的因为受苦而令人厌恶
而那傲慢的美因为傲慢而坚固

多么伤心啊!令我此刻

不能展开的低劣的禁锢

                                    2022/4/18

# 临时的

小路两旁有很宽的绿化带

一边是铁轨,另一边是高墙

墙那边不知道是什么,有些树

树底下,借着院墙有一间小房子

墙头有一个红色防尘袋,开着口

一团黄色电缆撑得满满的

在阴雨的新绿中分外鲜明,不禁回头

看见侧面一扇小窗,没有铁丝网

没有开灯,烧得滚烫的炕上

花格子炕革泛着乌光,她盘腿坐着

躬身握着冰冷的脚,轻轻摇晃

不必喝茶,也不用看书

没有手机最好,干脆不识字

只看见阴天,只感到冷和滚热

只想着自己的女儿,或者哪怕忧心

这随时要拆掉的房子,她不必知道

她不知道的那些世界,也都

只是临时的。阴冷的。滚热的。

            2022/4/27

## 挖掘机

小孩常看的挖掘机短视频里有一段
在河边挖泥,春秋天气,青水银波
不知道为什么觉得干燥,是北方
转过来看见开车的人,有点瘦弱
穿着软软的灰色旧西装外套
梳着软软的半长的头发
像是农村里成绩中上的穷孩子
只能放弃了。如今也许三十岁
挂着白色的耳机绳,看不清楚
但是应该是在笑,不好意思的。
再转过来才看见车头贴着福字
手写的,在简单的红纸上
红纸有点褪色了,垂落下来
小小的一角,微微摆动着
果然有风,吹拂着我心里

直接漾起的感动，不舍得看清
在祖国的大地上，就是
不同于在别的土地上，虽然
那个聪明的我知道
并没有什么不同

          2022/5/5

# 恐慌

午后听见邻居的琴声

有轻微的诧异,随即想到

自己也刚刚收到新买的被罩

照旧的与临时的,颠倒了图底

像一种"更高级的"文学里

战时的情节。关于战时

高级和文学都令人难为情。

远不是战时,要一直提防

大惊小怪,提防夸张

提防那个古老的渴望

在篝火旁鼓舞狂欢

又要提防得意洋洋

盲目地反本能简直是个傻子

可是理性,面对庞然的未知

只足够知道理性的失效

于是谈起移民,就像谈起囤菜
囤还是不囤,都不过是
一份认可的性格,一个选取的
角色。在这全是演员
没有观众的戏剧中。
而痛苦必将是真实的
历史必将是真实的

           2022/5/10

# 可乐时光

早先担心物资紧缺
买了四箱小罐可乐放在地下室
渐渐觉得不至于,但是核酸
还是要做。做完回来下去拿一罐
推开不大走人的后门,坐在背阴的
台阶上,看密密麻麻的电单车
非常像餐厅的厨师,穿着白制服
在后院儿抽烟,甚至仰头看天
甚至有飞机飞过,在密白的夏天
流行歌曲里常说的平凡梦想
在牢笼深处泛起微光,宛如洞口
若隐若现。我握着空空的小红罐子

转身站起,看明白自己半生负气
已经不想解脱。

                                                2022/6/1

# 榛蘑

在厨房清洗榛蘑，一颗一颗
想象赴宴出来，评论朋友的手艺
妻子反驳说，榛蘑没择净
牙碜。要走在雪后的路灯下。
那就是从前，出门没有车。
曾经短暂住在我家对门的
独自抚养两个能吃的儿子的
胖胖的阿姨，坐在轮椅上
在老人院门前没有树的水泥停车场
没有任何线索——阿尔茨海默症
她想起那路灯下围巾的绒毛
她丈夫呼出的白气——停
太顺滑的想象，总有点像是

抄袭电影。榛蘑已经洗完，转身
让现实把这电影薄薄地包裹。

            2022/6/20

# 烟花

读到会心处,竟然站起来去找笔
同时知道这本书,自己不会再看了
也并不存在别人。那一笔波浪线的虚无
与热情,将正如文学,与人生。
没有找到笔,也已经无法找下去
烟花不能坚持。烟花熄灭于观看。

2022/7/3

## 准确

中午开着窗,有一下
听见楼下炒菜声
和着隔壁的钢琴声
忽然像是对上了焦
觉得怎么可能,怎么就
碰巧落在了模拟曲线上
——这曲线竟然难以命名
总不能说这就是生活
而那声音准确得近于抽象
而抽象可能是永恒
在人脑舞动的投影——
我有点明白了为什么自己

几乎是安然地

卡在了这个地方

　　　　　　　　　　　　　　2022/7/8

# 在购物中心儿童游乐场想念华莱士

礼拜六在购物中心地下二层的儿童游乐场
不能不想起大卫·福斯特·华莱士,这所谓好玩的[1]
魔法小火车,绕场一周八百页,来不及检索
车头右侧的铜铃的历史,与购物中心的逆电商增长
也来不及联想胖胖的司机来自华北的哪一片田野
是不是承包人的妻子的小学老师的外孙——
不,华莱士不写这种人情,但是在此地这是经济学
——既然他喜欢虚构电视推销背后的网络。

他要怎样去描述海洋球乐园透明树脂隔板外面那一
排(沿着一条钢琴曲线)脸颊垂落的父母形态的手
机附件?

---

1　大卫·福斯特·华莱士著有非虚构作品集《所谓好玩的事,我再也不做了》。

他知不知道他熟悉的心理分析童年创伤已经被简化地传播到不识字的手机持有者的短视频中，而这个物种正在放弃承担命运不知羞耻地沉溺于抱怨已经无能于做人何况做父母只能屈从于或许是暗自欣然地接受了育儿指南消费刺激竞争强制和所有一切合谋描画出的不可实现即使实现也倍感空虚只能假装硬撑以便让别人继续向往来让自己相信的那种幸福生活的蓝图显然事情不是如此简单此处还有许多嗡嗡嗡的复杂如噪音谁来写清楚那另外八百页？

要不要顺手写写一个产业因此蓬勃要不要有一位暗黑哲学家式企业巨子蓄意如此以玩弄时代的虚弱？

电视时代的人啊被电视愚弄但是在电视之外被电视照料今天的人被网络运行而网络它归根到底是无意识的不是吗也许电视后面还有一个一小撮人类把控的权力、市场与意识形态铰合的机器也还是可以认知的终究在人的意识里、相较而言如今的人更加不是人更加没有硬核主体更加只是不停交换的有机体更加谈不上本质谈不上自由意志——你知道吗？

你送给世界的滤镜啊在某一个图层如果一直清晰下去就会看见一种想要把人类活动还原为光子波动的那不可能实现的野心我领略得对吗我想到这个是因为人类的活动好像真的越来越像宇宙的活动虽然是以我们自己处心积虑的建造而终究实现了——宇宙一般彻底的无知——现在还只剩一点必然被利用的惶恐。

2022/07/09

# 束手

晚上八点多在小破公园

荒草及膝,蝉鸣四合

小孩放下挖掘机

拿出泡泡管儿,一边跑一边甩

好像挺高兴的,又不是很兴奋

我无法判断他是否感觉到

我感觉到的那原始的恐惧

轻轻的,几乎像是寂寞

我再看他,又无法确定

是应该停留在简单的陌生

还是想象为深不可测

不放纵就只能束手

没有任何线索

2022/7/18

# 在海洋球池

老远就看见一个中等身材的成年女人
在绳网那边的蹦床上跳,跳得很高
节奏很强劲,短发跟着往上一掀一掀的
这没什么稀奇,院儿里的阿姨和姥姥们
也经常想起来要利用空档,扭曲身体
什么姿势都有,除了健康什么都不在乎
走进去又看见一个老太太,总有六十五了
穿着宽松的豹纹裤,也许是捡儿女不要的
也许是早市的大车里挑来的,都不好说
毕竟广场舞里有一些难以描述的动作
老太太在海洋球池跋涉,径直走向吊桥
在一片软包方块儿上坐下,搂住四根绳索
伸直双腿,收回,翘起,荡秋千
是的,非常像电影里的一幕,不得不
这么想的时候,我意识到自己一只胳膊撑着

正侧躺在海洋球池,这个姿势可以有效地放松
我那无能的腰。那些电影都是给年轻人看的
还有那些永远年轻、永远热泪盈眶的人
不知道他们怎么做到的,怎么身体那么好呢
而且怎么、不觉得乏味呢。就站在岸上拍啊
怎么不下来呢,到海洋球池里来,被滚滚而来
的劳累堵塞,与萧萧而下的羞耻妥协,吃下去
再也没有资格陈情,只是非常偶尔地
竟然会有一个空隙,让坠落的恐惧刺穿
又刺不穿,那无尽的尖叫的死亡的奇情

2022/7/25

# 笼中

小孩的书向他们介绍世界
跟真的差不多,又像是传说
有时候忽然感到是作者自娱
火车在绚烂的秋山里穿过隧道
夕阳映照城市的楼群,有一支乐队
在屋顶上。让人渴望的,变成
让人眷恋的——甚至还没有过
就算是有过了。我已回到笼中。
曾经对世界的那种感觉,美好的,
完整的,确信的,真实的
幻觉,偶尔在心头恍过
证明我和世界都已经破碎
被咀嚼过了。混乱而模糊

作为一小片世界，停放于

无意义，但是牢固的边界之中

        2022/10/7

# 看不出来

昨天找人擦了窗玻璃
明天京东就会把电暖器送来
已经连续四天化妆出门
阴冷清净的下午,秋天多么美
又想跟胖孩子在野公园扔石头
又想回家炖羊肉——已经在水池里
解冻了。曾经遇到过多少人
我看不出来,不知道,不相信
他们其实愤怒,耻辱,痛苦
我也快要看不出来自己是怎么回事
只能相信凡事必有因,必有果
不会消失。但是也不会终止
不会有末日,甚至不会有暂停

静默显影,审判痛快。只能无所凭依地

相信:黑是黑,白是白

2022/10/27

# 漩涡中心

半年以来,历史之雾越来越浓
又怕看清了,走出一个庞然怪物
有信念的朋友已经看见了
我反反正正地怀疑,总能容下侥幸
现在也是无论如何都不敢了
但是竟然在恐惧的漩涡中心露出
不仅是秩序,甚至还有醇厚的
光影确定的滋味。几乎是陶醉的,
几乎是享受的——令人不安。
如果人心的深处渴望的不仅是正义
历史凭什么?不敢想下去。只能停在
表面上诚实,是的不论什么事
连在厨房做饭都像,朋友聊天
就更像,聚会上如果有酒那现场
就直接坍缩为可观看——是的像极了

简直就是，从前看过的，并不存在的
电影。不必是东欧的。不必是战前。
对上一次堕落与崩塌的讨论
构成了美好年代主要的精神娱乐
也许当时的情况复杂得多，也许
根本没有什么美好年代——远远
谈不上吧！但是现在想起来
那时候那些层层堆叠的幻影
不停息的想象与代入，对生命
之轻的抱怨与对抱怨的反省和克制
所有这些都像是等待，中的游戏
只是不知道，到来的东西如此
丑陋。受辱的感觉是确定的
甚至是简单的。我真怀念虚无
自由的弥散，美好的烟雾。

2022/11/21

## 年龄

跟所有人一样,我总是感觉不到年龄
年轻时不觉得年轻,因为怀抱着
朦朦胧胧,怀抱着朦胧的一生
现在倒是觉得衰老,但是没有刻度
总是既在过去又在未来,昏昏茫茫
弥漫在昏茫的一生,这一生
不在时间里,也不在空间中,候诊室
的名字,和镜中的脸,同样陌生
那不是我,怎么提醒都不行
她是神秘的,我明确如永恒

2022/12/18

# 古诗

隔一两年,就会读一本古诗
随机的选择,像街上的店铺
经常会、他们跟我们一样啊
忽然的高分辨率,那么细微
带着无尽复杂的来路,对焦
仿佛拥抱,刹那尖锐的实感
含糊的涟漪,在黏腻的池塘
过后什么都没有,春梦了无
有深深的歉意,对不起杜甫
只能偶尔采撷,不值一提的
碎屑,在此刻的无情里咀嚼
我无法进入森严整饬的殿堂
因为那首先要依样建造一座
那怎么可能,江河万古奔流

那还怎么拥抱,如果我失去

正在湮灭,恍惚无情的此刻

                                      2022/12/29

# 四十五

现在说起来也还是有点羞耻
竟然又有了新的版本,关于年轻
时的灾难:想在一个具体的人身上
得到上帝的爱。而又不能说谎、太久。
而又确实混合着所有的虚荣。
猛然站立起来,找到实用的蔑视
做一个不再相信自己能够被爱的人
几乎是一种英雄。那忍痛的勇猛
的光荣,照耀了很多年,灯下黑
藏着很多的凶残,是不能再收回的
交易。那么多年我都以为自己不会
怀念脆弱,那脆弱上糊着太多脏东西。
没什么后悔,也不想返回,我只是
终于用完了战利品,几乎是平静地

承认：那个问题没有解决。愿这疼痛
照耀我，以干净的方式不再嫌脏。

          2022/12/30

# 帚

雾霾中又一个春天到来
我坐在窗后,有点意外地
不兴奋,继而一丝甜的回味
和长久的如履薄冰的恍惚
就像敝帚自珍的老年心情
是新的,可以玩味,而且越玩味
越温暖,安逸得让人恐惧
几乎买一双玫粉的夏鞋
理解了那些陷入褶皱的红唇
这点缀的挣扎也是新的,带着
一丝喜悦,和不敢凝望的茫茫。
在回避中向内。自珍。

2023/3/5

# 熟

托孩子的福,昨晚睡得很好
今天也没干什么,到了四点半
就累得非睡一会儿不可
上个月读的一本书,只记得很好
具体的一点都想不起来
现在反正读什么好的都觉得很好
像一颗石榴,体内充满了
恰好成熟的响应,过去就没有了
在枯萎之前,独自享受黑甜的梦

2023/3/18

# 买股票
——给我的股神朋友

我想试一次买股票,在无限的
不确定中试一次算力,当然是我的
算力的极限,是的观察并且摆放人性
我想写一本书就叫《买股票》
你是不是一听就觉得我买不好了
不是的写一本《买股票》和买股票
是同一件事。当然最后取决于运气
让我们暂且忘记钱。算力的沉重
需要无底的深渊,无底的深渊承托
观测不能用尽宇宙,尽管放纵
——你可以说放纵理性,是的一层一层
一网一网,我想试一下用高维意识
模拟直觉,当然一切的出发与终结
都还只能是直觉,但是我的直觉太多了
而且混乱。啊说到这里我不禁想到你

懒惰的，稳定而准确。我的直觉太多了
而且混乱，简直伤心啊，那一定是因为
我有太多的情感，太多的情感需要安抚
那一定是因为，那一定是因为我早已破碎
从来没有整体过也许，除了这最外面一层
薄薄的诉说，在无限小与零之间，容纳边界

          2023/4/7

# 现在

四十多岁才见到橡树
春天里它比别的新绿更新
更绿,像我小小的新知
在沙尘里闪耀。打开书
都是过去。连人性
都会过时的。手机上总是
未来,不安要多大有多大
把现在塞满,挤净。我心里
有一块白色,不能读取
不会反应。乏味而稳定。
那是死出来的一块东西。
从此可以让荒唐、
也就是自己不信的事

浮皮潦草地发生，过去未来

浮皮潦草地，流过

            2023/4/15

# 有时

有时候,在醒着的十六个小时中
忽然有几分钟,或者更短,充沛地活着
真的看见了春天的树,或者深入地
读几页好书,有时候仅仅是更深地醒着
就用光了这一天,甚至今后好几天的精神
剩下漫长的滞浊,又将它微微照亮
就更加难以忍受。也唯有如此才能忍受。

2023/4/20

# 私心

坐在窗台上教小孩认识乌云
雷,和闪电。等待中难免起了私心
也许是想要挂在他的记忆里
也许是想要进入他未来的雨天
都差不多,也可以说是想要陪伴
总之没顾上他想不想要,我的妄想
飘渺地生起,立即被察觉,并且
被原谅,当我想到这一切都是因为
乌云,雷,和闪电,还有深绿
还有潮气和尘土味,还有忽然的古老
的喜悦,在我们同样短暂的人生中
同样的不会改变,永远不变。

2023/4/28

# 第二天

小孩夜里发烧的第二天,傍晚
推他去公园,春风暖荡,心脏倦怠
看见一只喜鹊,静静站在一块假石上
不是假山,是石头形状的塑料盖子
扣在一段废弃的砖墙边,野草摇曳
刹那有诗意,但是所有的名词都要解释
都有无限的粘连,在那再无遗漏的网上
而诗意只在我短暂的醒觉,无色无味
与从来未来所有的醒觉同样,没有内容
同样像鸟儿,孤独自由,偶然停落

2023/5/1

## 秘密


前天早晨醒来想起一个人
可能十年没有想起过
本来好像也只见过一次
下大雨,撑着伞在我后来知道
自己只住一年半的公寓楼下
带着香港捎来的《小团圆》
也并非一见如故,但是年轻
刚开始有秘密,迫不及待交换
就以为很深,就以为那深度
是一种保证,永远的朋友
不需要告别,就再也没有联系
也并不想。曾经支撑过我的人
十年后再见还是充满信任
二十年后,不敢再联系
不知道是哪一年理解了

一期一会,又是哪一年接受了

不必记得。但是前天我在脸书搜索

豁然想起了他的秘密

还有我们去咖啡厅隔壁的理发店

借了一个吹风筒,嬉笑着

在冰冷的空调里吹干裤腿

片刻的真切轰隆隆,吹过裸露的

石头,也许只是压缩的垃圾

再也无法打开的秘密,再也不想

一点都不需要讲述的,我的秘密

**2023/6/4**

## 到时候再说

想起十月可能有一件无关紧要的事
心里忽然抓紧了,想要提前解决掉
好像有一个本来可以调节渗透的膜
彻底漏了。更脆弱的是,这个比喻一出来
脑子里好像,几乎是真的,就出现了
这样的结构。几乎已经那样了,一片
虚空,语言立即建构,幻象最为生动
并且几乎长久,后果如同涟漪,没有阻尼
没有尽头。几乎已经是纯粹的意志
在脑宇宙中,念头一动都不该动
总是乱动。也可以跳出来,想到可能是
跋涉到了,惊恐纤细的地方,人性花园里
荒芜的井底。还能不能遇见时间里的友人

还能不能柳暗花明，会不会也在一念之间

几乎已经是纯粹的意志，怎么完全不自由

2023/7/1

# 千秋雪

有一天接孩子去早了
院子里老师正领着念古诗
窗含西岭千秋雪,门泊
东吴万里船——
不知道为什么,就觉得
这首诗,所有的古诗
在孩子们心中,跟从前
我们小时候,不一样了
可能更遥远了,但不会
更神圣,因为神圣也更遥远了
如果不是更空洞,作为符号。
也许我猜得不对。只是
世界变得如此厉害,仿佛
人都变了。人生的进程
也许都不可比了。他们还

能不能,需不需要,有一天转身
从杜甫那里得到悲欣的慰藉
不需要的话,是好事吗?——
再想就是虚蹈了,不过是未知
的恐怖,和新陈代谢的无情
震撼我迟缓的神经轻轻摇动

        2023/7/3

## 窗景

吃过晚饭，天空依然明亮如同午后
城市密匝匝的楼梢穿过时间的云层
向着不可计量不能锚定的自由敞开
我编造自己的故事碎了我谁都不是
具体的忙碌并不能让人扎根于任何
真实，有限的独处溶解于一片虚空
冬天这个时候会有几千只乌鸦飞过
它们扇动翅膀正如同我活着，那时
天穹奇异地闭合宛如梦的无法撞击
的边界，宛如等待着，夏日无情的
无限，无情的天堂，没有再次醒来

2023/7/5

# 史多比亲子乐园

史多比亲子乐园在广东省揭西县棉湖镇
方位不明,显然不是镇中心,几乎废弃
的三层楼,露出曾经与人共享的黑灰的山墙
和豁口后面大片荒草,堆积着建筑垃圾
我跟小孩从喧闹的烟味包间出来,穿过堆叠着
穿着肮脏黄绸裙子的餐椅的走廊,和正在搭建
舞台的没开空调的大厅,打开大众点评
史多比亲子乐园距离 923 米。空调竟然十分强劲
彩石沙坑,海洋球池,超市与消防站一应俱全
然而灯光灰蓝,只有一个年轻女人正在擦地
她三四岁的儿子,无端奔跑,大声给自己助兴
我躺了一会儿,看着天棚上裸露的管线,想到
如果发生火灾。当然刚在门口扑面而来就是
一篇小说。要怎么形容此时此刻我出现在此地
这种心情?好像一道诱人的谜题,答案就在

空气中。一个记者朋友在采访地写过一句诗：
何以孤军深入至此。快二十年了，有时候在家
也会想起——总是觉得恍惚。快二十年了
这一次我发现自己并不感慨孤单，也不觉得深入。
对深入的想象基于对世界坚实的信念。现在显然
没有了。我想为什么我需要一篇小说，一句诗
来面对生命活动的无秩序——想起早晨看见新闻
说米兰昆德拉死了。文学本身归根结底
是否涉嫌伪造意义。而人类这个物种好像已经
在伪造得越来越繁密的世界中更新了自己的欲望。
我有时分不清意识，做作，和刻奇，而且可能
也已经丧失了，对与此相对的客观真实，的信念。
然而死亡总是真实的。那么活着，此刻，也是吧。

2023/7/16

## 出租车带我经过我从未去过的街区

出租车带我经过我从未去过的街区
那些窗口让我觉得我从未生活过
而我深信很多窗里的人也都这么想
原来生活来自文学。或者说文学
基底于生活如同数学基底于物理世界
原因不明,并且包含奇异的跳跃

2023/7/27

# 雨夜即事

偏是洪水天小孩急性肠炎
偏是这天晚上从医院回来
垃圾处理器的遥控开关坏了
竟然仍旧送来的新睡袋太薄了
退货但是没有快递接单,显然
要回东北的火车票改不了了
要不要退了改天坐飞机——
他不停地喊妈妈,一声赶一声
妈妈呀,妈妈呀,没有下文
我想起我爸爸。我上嘴唇起了
一层干巴皮儿,随我妈
她有一年难受得用剪刀去剪
我还差得远呢,但是她准会说
我像你这个岁数哪有啊,可没有
我一边想着这些,一边不停地

用下牙去刮上嘴唇,一边瞎编
挖掘机的故事,得有十几个了
他还是喊,妈妈呀,妈妈呀——
我拍着他的屁股,说,哎,哎
我听见雨声大作,我想等他睡着了
把我留给雨夜,该有多好啊。
这下总算配得上一个雨夜,了吧。

2023/8/1

# 太快了

读一本九十年代写成的小说
上世纪。一个德国犹太人
追寻几个老人的颠沛流离
在历史中。忽然清楚地知道
这是昨天了。这是昨天对前天
的回望和抚慰。回望和抚慰
这温柔的感情,连同作者那阴天
似的深静与疏离,连同那悲伤
的预设:人渴望,人也配得上
尊严——那信念稳固,我在遥远的
中国被深深感召——而今无人提起
没有被破坏,更没什么能替代
只是顾不上了,来不及了,有人在
说也听不见了,更多的人正在
变成 AI,AI 已经不必变成真正的人

如果有过什么真正的人的话——
有过的,因为梦想成为真正的人
就是真正的人。现在一切都太快了
太快了就什么都不需要了,太快了
就必须轻盈,太快了就只能是空心的
梦想和信念太容易被抽空,成为人格
的装饰,而人格、不人设,也只是
社交网络中的商品图例,一切坚固
的东西都化为信息,人以笨拙的疯狂
化为粗劣的代码——正在越来越精细么?
终能以假乱真么?还是仅仅是
在破碎。看不清楚,太快了。快得
太像毁灭了,但是也说不定就是新生?
好像也没什么区别,因为生命与物
之间的界限正在变得模糊。

2023/2/8<br>2023/8/16 改

## 吹牛

不再梦想飞行
才能感受地上
风的乐趣
万事皆可品尝
孤独如王
孤独如结石
等待碎裂回沙

2023/8/29

# 阿那亚

阿那亚适合内心艰苦的生活
七卷待写的追忆似水年华
或者一位神秘的阿尔贝蒂娜
不然就只能陪小孩挖沙
至少他的需求暂时还是真的
不然就只能拍照,上传至半真
空的互联网,在那里图书馆
成为内容,就好像在图书馆
书籍成为符号,归档格调
附着权力,而品牌转化一切
有价,可数,充满空隙,人格
的鄙视链,甚至不用分岔
在阿那亚,没有遇见一个
有心事的人。美术馆和剧院
独立地拥有形式,没有直说但是

否认空虚,不再等待,反正
谁都没有见过,那个窃珠还椟
的人。也许心事从未存在。
也许从前只是迷思愚昧,科技
与心理学,还不够发达。

2023/8/31

# 作者

今年第一个萧索天,继续读卡夫卡
第三本都是零碎,有时候心领神会
有时候不行,要猜,猜一会儿便看不下去了
拽回来,拧着眉头继续看,但是不得不
在余光中、继而心慌地几乎是正面看见
飘起来了。我的生活计划、或者说想象
我的强迫症,我辛苦建立起来、小心维护
的自我奖惩,我的脚踏在大地上的错觉
像一块飞毯,一片越来越疏松的云
飘起来了。没有根基。没有信念。
没有我对作者的理解正如作者所愿
的信念 —— 当然理性知道这是不可能的
但是信念是另一回事 —— 就什么都没有了。

如果真的相信这世界没有作者——无法想象
是不是就不再有忠诚、准确，不再有我。

2023/9/19

# 无名草

可能十一二岁的时候,因为不长个子
我妈总是撵我出去,整个整个的白色夏天
楼前小路两边,经常一个人都没有
有时候就会蹲下来清楚地看那些草
草叶上的锯齿和白斑,撕开以后渗出的白浆
当然不知道名字,也不觉得需要,我的经验
与世界,杂草跟语文和生物,都不可能有关系。
然后过了三十年,话语纠缠。忽然出门带小孩
在树下挖土,我与杂草一一再相遇。恍然。
那朴素又清楚的感觉本身,立即就像一个标本。
也还是喜悦。身体里还有初民。记不清了但是
仿佛走过万水千山,容纳宇宙人世全部所有。

**2023/10/13**

# 秋天

算起来也没多久,晒伤的
皮肤还没有痊愈,忽然夏天
就退得很远了。想起来夏天
闷在家里也仍然,也已经
就觉得像做梦一样,怎么都
醒不过来,踩在云朵上。
年轻的岁月也是这样。

            2023/10/15

# 深度

打不开的装满了电影的 U 盘在深度修复
干燥的被识别为奶奶的脸在深度补水
这都是不可能的。在谎言与修辞之间
慰藉却是可能的。把心理言说固化展露
纳入客观,人就放弃了独立,真假混淆
道德虚化,但是仍然大声宣称尊严。
"大多数人不具备自己独有的
个体无限深度"[1],也许根本就是所有
所有随时说出不知为何物的"我"的人。
因此数字化的心灵是可能的,而理想国

---

1 摘自《身份政治:对尊严与认同的渴求》,[美]弗朗西斯·福山。

是不可能的，不伤害是不可能的——悲观
总像是撒娇，然而此刻历史完美地吻合。

2023/10/20

## 深秋的黄昏

小孩玩到傍晚忽然又发烧

躺在我的腿上快要睡着了

妈妈,讲故事。我叹一口气

就感觉到深秋的黄昏

小时候,不记得是哪一次

也许好几次——这个季节总要生病

盖得又厚又沉,吃了药昏睡

醒来看见天都黑了,又没黑透

充满天地的无名之物充满房间

妈妈还没回来,也并不害怕

也并不感动,但是非常强烈

短暂地落下,在巨大的陌生里

彻底地松弛。长大之后再没有过

再没想起过。忽然逼真

像不小心露出的前世。

                                                2023/10/25

## 男孩的妈妈

有一天在路上，一个瘦长的少年
穿着纯黑紧身衣，骑着陡峭的自行车
燕子一般从身旁划过。黄叶飘落。
可能因为我现在是一个男孩的妈妈
这样的想法油然而生：其实他们
跟少女一样啊，将要接受命运的摧残。
这肤浅的柔情随即变质，带着过来人
的冷酷也许是恶毒，想到其实也有
没怎么被摧残的幸运儿，人到中年
感到浪费。失落。这是多么可怕的深渊，
几乎要摧毁文明，把它变成西绪弗斯
疲惫而必要。幸好我还认识几个

快乐的人，他们似乎是，奇异地完整
不等待恐惧，不在意存在是多么孤单。

                                        2023/10/28

# 盒子咖啡厅

回北京那年，惊讶于盒子咖啡厅还在——
世界变了啊。它曾经那么时髦，在世纪之交
任何一种时髦都是观念性的，都关于进步而进步
是明确的。得意洋洋，令人向往又令人羞耻
我并没有去过，圣诞夜播放《红》《白》《蓝》[1]的盒
子咖啡厅。
直到今天我们那一代，仍然有人固执地以为
装扮和品味，与世界观强烈相关。不，已经更多地
关于价格，顶多是能够让人见点世面的价格。
什么都数字化了与什么都货币化了是一起来的
同时什么都可以说出来了仿佛人们什么都知道
有一天不知为什么搜索，惊讶于盒子咖啡厅终于

---

1 《红》《白》《蓝》是 20 世纪 90 年代波兰导演基耶斯洛夫斯基导演的系列电影。

但是怎么这么快怎么就没有了。算一算也是
回北京已经十一年，这十一年我完全隔绝
在家里，老于自己变量简单而变化凶猛的人生，
回忆不清。遑论世界。世界一页一页翻过去
连陌生之感都来不及辨析。从前慢而且从前的现场
几乎不可读取，任凭识字人天真建构，指代真实
现在万物坍缩为聒噪万物已被聒噪掩埋，谁能
听清什么谁能指认什么可以统摄可以被称为世界
最后那点权威里的谎言也被戳破了于是只有谎言
最后那点荣誉里的私心戳破了于是只有私心
抓住就近的谎言私心漂流于信息无政府，原来真实
来自信念，而信念来自谎言？再也谈不上公正
或者历史。再也谈不上世界，但是也没有别的名字
恍惚的陌生的我老于恍惚的陌生的世界，不顾一切
养育着一个孩子因而必须进入未来，这是谁的意志啊
这梧桐照旧飘落的深秋，是谁的悠长的无情的叹息

                                    2023/10/30

# 站了一下

雾霾过去,小孩病愈
今天骑车去学校吃午饭
阳光落叶闪耀的大雪纷飞
生活太脏了啊配不上啊
心里水深火热独角戏啊
不知羞耻,只是薄薄地
清爽快乐,直到太累了。
转入与铁轨平行的小路
在自行车上站起来了
意识到的时候几乎站直了
带着意识站了一下
不太自然地坐下
对面一个没化妆的女生
抬头看了我一眼
带点不好意思的笑

大概是我害她低头回避

啊,年轻的女孩子!

对不起!谢谢了!

2023/11/3

# 看不清

近了看不清,远了也看不清
最恰当的距离,也没有聚焦
像解析度就是有限的照片
穿不上针了,想起姥姥
老人的悲哀说了也是白说
也想起盲人,不好意思这么说
但是有点理解了,那种不可能。
我生命能力的极限,已经过去了
也许还有更好的东西要来
但是那是另一种说法。在退行中
养育一个小孩,念他的小百科:
有一种昆虫能闻到几千米外食物的味道
而蝙蝠能从一百万只蝙蝠宝宝的叫声中
分辨出自己那一只。是的,我们人类
发明了手机。习惯了手机之后

我越发看不清。有时候忽然面对

一片风景,甚至一个人,一次聚会

发现自己怎么也看不成一张照片

一个名字,或者一个事件。一边知道

本来就不是一个名字什么的

一边无法控制地努力,越努力

越模糊,就跟穿针时一模一样

眼泪都快出来了,既是比喻

也是写实。我知道我再也看不清了

就像我的存在也正在变得边缘模糊

生命只是一次意志的聚焦吗,为什么

我模模糊糊仍然觉得,没准儿是相信

相信还有更好的东西快要到来

也许还会带来另一种说法

2023/11/7

# 宝宝

昨天晚上,他翻啊翻,静下来
我以为睡着了,扭头看是坐起来了
迎着屋里不知道哪来的一点微光
应该是非常困了,跟睡着了差不多
但是那眼睛亮着不动,也有点像出神
像泥土里的种子。一会儿就躺下了
真的睡着了。他的秘密,他的孤独
落在我的心里。睡着了的小胖孩子
多么可爱啊。我的小胖孩子多么可爱,
他将与我疏远,隔膜,我将要老去。
但是我啊,何尝不是一直带着
我的秘密,我的孤独。谁也不要愧疚。

2023/11/15

## 被打败的怪兽

我一点也不了解那个奥特曼

和那个伟大团队另外一些人,钻石一般

他们可能已经是另外一个物种

在我的想象中真正勇敢、真正强大

像古代神话中的英雄,但是竟然

应该,与我们,甚至与猴子,是连续的。

他们向科学彻底敞开,不仅没有在黑洞中消融

可能还克服了愚蠢的自尊奇异地,无所畏惧

拥有借来的来自太阳的光明。坦荡,不自卫。

我不能了解,其实也不能真的想象。

说起来简直做作,但是自然而然发生的

昨天我还想起我大姨小时候打赤脚,

拎着鞋到学校门口才穿上。从中国的

二十世纪七十年代,到世界的二十一世纪二十年代

我像一只太旧的手机，不能再更新系统版本，
会死机。然而还要活下去。不能不恐惧。
其实很多年了，也许从青春时代就开始，担忧
哪有什么精神。扭过头去不想知道，同时仔细地
提防地听着：神经科学还在行军，算法似乎已经到了。
我不懂，也许因为不懂把它想得太厉害了。
但是即使仅仅是泛滥的科普，指向生命自身的
心理学与生理学，仅仅是人们利用这些半真
但是足够密集的信息的搭建，就已经在覆盖
在改变人，人性，人类。人与动物之间
没有不可解的隔阂，人与数字之间也许也没有。
并且全都搅在一起。不敢想下去。所以说他们
勇敢。然而我已经不知道是否应该因为什么
用什么来赞颂勇敢，或赞颂别的。所有潜在的
观念贯彻下去，自我最多就只是一个不能摆脱自指的
空洞的怪圈，而生命中也许真的没有什么
不能被还原不能溶解于物理世界。拿什么
拿空洞来重估一切？但是似乎总有意外的解答
似乎价值也可以自动化地被生产、迭代、更新，似乎
价值

也要以生命的方式存续，而更多的人只是变成手机变成东西——？幸好我们只能猜错。

我用四十六年的生命无比潦草地穿过至少两百年的震荡得以亲近卷帙浩繁来自深深不安的，文学。足够拥挤宛如一个家。应该感到满足，也不能不疲倦。然而也许这一切都不过是缠绕打结的误会。这一切的心灵故事——不表面上看什么都不会再消失，只是不再被体验或许陈列在博物馆里，或许甚至成为昂贵的标签但是不再也无法再被真诚地体验。他们当然会把生命充满以足够的丰富甚至足够的精深，以我不知道的东西；也许仍然需要定义幸福，和虚妄——以别的词汇？那就是别的东西。我无法想象他们。

2023/11/19

（Open AI 首席执行官山姆·奥特曼离职新闻引发关于人类未来的争议）

# 涌现

年纪大了变得易感

烤熟的身体走出楼门

冬天的风一吹

那真是万千奔涌

可能是体质原因,整块的

身体被使用得充满孔洞

到处回声。也可能是经验

多到涌现——二姐说,意识

可能是人给自己训练的AI。

听着特别吻合,又不能相信

在升维失败的地方紧抓住比喻

就好比看着一个球说

它是圆的。也不能说不对。

反正也不妨碍享受

没有出口的万千奔涌。

2023/11/23

# 冬日

当我从书页上转过头

看见明亮的冬日时光

仿佛停滞了一帧

继而流动如常

继而醒来,看见自己

真厌恶啊,无可奈何

2023/12/4

# 礼物

在电梯里遇见两个中年人
正经地说着好像是单位的事
我看了那个女的一眼
比记忆中的我妈要老一些
现在我知道了,她说那些话
可能自己也同时觉得半真不假
甚至在家里,教训完孩子
也一丝丝感到刚才是一个角色
也许没有立即觉察,但是偏差
一直潜伏在全无光照的地方
早晚聚为坍塌。也只有偏差
才有动态。童年眼中的明确坚实
随生命赠予的负墒,增了又增
已经疏松到毛孔,还能继续增
总有什么东西暂时凝聚,留下垃圾

然后再次破碎。生命是个错误

才会有死亡。这凭空而来的礼物。

2023/12/14

# 知道

像是一种均衡

于他有多真实

于我就有多虚幻

黑暗中他用胖手

搭住我的脖子

热呼呼地说

跟妈妈一起睡

我知道是甜蜜的时刻

是因为感觉不到

才知道的

2023/12/17

## 2023年12月29日下午

三点多太阳又低又衰弱，没有风
也不冷，就像雪还有但是有点脏了。
湖岸上一个爸爸骑车带着女儿，侧影
划过屏幕。正是年底的含混寂静。
树林里新建的儿童游乐场已经旧了
小学女生在旋转的圆盘上伸出双臂
还是跌下来了，五彩的脸上贴着亮片
——上午学校开联欢会了！我恍然醒悟。
还有很多别的小孩，和看着他们的大人
都像服装稍微更新的秋山亮二的照片
又像是他们中哪一个长大以后写了小说
被改编又拍出来。不是非得折射时代——
即便是这几年。生命广阔直至荒芜。
童年永久。冬日有雪的树林永久。

年终的叹息永久。有时候我觉得我们过于生活在叙事中。

2023/12/29

# 酱

借用我姥姥的比喻,中年女人的时间
就像一碟儿酱,谁都来蘸一下子
很久都不知道,只是听说自己跟所有人
发脾气,只是证件照迎面而来吓了一跳
怎么那么凶啊,在捍卫什么啊——
捍卫本身都是委屈,在记忆中的年轻的
心中。中年男人也没什么好运气
他们一定是知道的,已经或者即将被嫌弃
紧紧抓住权力,一样凶残,另外虚弱。
然而有时候,当我一个人待着或者在琐屑的
事务中走神,当我哪都不疼或者因为巧合
而拥有一片轻松,心中会有一块几乎是新的
几乎结实的,很有把握的感觉。仿佛所有的
恐怖的阴暗的,活泼的狂热的,所有的
人和事,都在心里发生过了。被用尽了的

灰烬的记忆，什么都不能剥夺除了时间
于是只有我和时间。赤身于平静的流逝。

2024/1/14

# 一望之地

在窗口能看见小区和公园的许多地方
有时就会看见下楼走进去,通常并不会
真的走进去的时候,如果是一个人
心里又没什么事,又没有拿出手机来拍照
可能就会调用在窗口看见的景象
似乎是在遮挡,预感中遥远的茫然
此时此地总是不完备的,人也一样。

2024/1/14

# 浪子

昨晚试着回忆上周读了什么书
在黑暗中,在乏味的空无中
什么都不显现。坚持,轻微的窒息
意识都来了,更难了——终于
出现了书名和封面大致的色调
除此之外什么都没有。也累了
就那样睡着了。到现在也还是想不出
也根本不想去找出来。反正会忘的。
但是仍然尽可能地热切地读书。
简直像一种真爱浪子,
每时每刻都是全心全意。
不为什么。没有未来。

2024/1/16

## 厨房朝西

几乎每天准时做晚饭

难免察觉落日

一天比一天晚了

知道春天其实已经来了

也难免想它看着我

叹息一天比一天迟缓

知道我已经开始老了

但是我啊,不怜悯你

困于永恒的轨道

你也不必怜悯我

在流逝的河中做梦

2024/1/17

## 朗原家

小孩想去朗原家,我打电话
艳娜说,来吧,我们吃饭呢
坐电梯上去了,才摆好,橘色
吊灯底下,怎么看着这么好吃!
要不再吃口?这么说话好像传说中
以前的大杂院儿了啊。可不是
我们小时候就是,我总上我们邻居
就那家弟弟很清秀的我跟你说过
我也是我中午吃完饭去同学家
等她一起上学,拎个皮筋儿站门口
有一天他们吃的,我印象太深了
鱼炖豆角,你们听说过吗?
接着我和艳娜,马骋,后来曾老师
扔完垃圾也来了,我们从鱼说起来
说了各种各样的小故事,各种各样的人

有些只是听说的。没有什么是不真实的。
即使你经常在右上方看着这一切。

2024/1/26

# 桂林路

冬天在电梯里,外卖员油污的
羽绒服上有浓烈的家乡的气味
橘色小袋子上印着招财猫
印着花体字"美食不可辜负"
随意拼凑的,又有点上进心
要跟上潮流,慢几拍并且走形
——像家乡的,比如桂林路。
没有想过,不知道那就是嫌弃
要去北京,更远。世界。文明。
忽然之间是我还是北京
失去了梦想,变成家乡
我深深的眷恋里没有光荣
但也不仅仅是关于自己的一生

2024/1/31

## 也有好的时候

也有好的时候。
但是经常,比如今天
昏昏沉沉,无法回忆春天
无法回忆一棵树,别说茂盛
秋天也不行,原来萧索
也是一种生机勃勃
夏日中心的窒息眩晕
甚至还能这样写出来
而身心抗拒,不让它进来
甚至冬天,就刚才在小区里
春节前那种荒凉的感觉
像微风吹过额头,知道了
就过去了,照旧酸沉。
也有好的时候。但是经常
只能看着这悍妇的皮囊

裹着满身碎玻璃，躺在
不值一提的烦恼里
沉沦于自己的疼。大声
相信，也有好的时候。
即使终于所有的疼痛都还是
变成了丑恶，也还是
也还是会有好的时候
有恍然的茂盛，呼吸春秋
深根冬夏。敞开了，不怕。
也有好的时候。

2024/2/2

# 在北京过年

农历二十八那天晴朗无风
午饭后我们三个人散步到小公园
想到很多春节,中秋,五一,国庆
都是这样,跟平常一样度过
只是持续地意识到节日,几乎抽象
几乎是一个比喻,或者暴露了什么
我与世界的关系之类,想下去
只会产生新的成见,混入新的运转
现在是除夕,我发了许多微信
像是种植一些热情。也真的想起了亲人
也就是想起了童年。忽然,第一次
竟然过了这么久,第一次在自身理解
纯真一旦失落,就再也无法模拟。

不知今日心中所见，那灰霾
还要如何变幻。
今日依然不为我知的我的信念
还有我惯于依赖的怀疑
将要在何处继续破裂。
或者仅仅是垂垂衰落。

           2024/2/9

# 冬瓜皮色儿

切冬瓜的时候,注意到那黑绿色
经常想说的时候说不清楚
于是设想自己或者一个人物在对话中
闲闲地说出,冬瓜皮色儿
并且在接下来的短暂的沉默中
她意识到自己多少有点在扮演
一个有乡土或民俗经验的根深的人
她不是,但是她怀疑,差不多是知道
她从前以为的这样的人或者别的
看起来拥有某种独特出身或内核的人
其实也差不多就是像她现在这样
她也确实到了那个年纪。
于是在那个空隙中她感到一切都有空隙
来不及充分享受那很有把握的感觉
以及附带的虚无恐慌,谈话又继续了。

我想我可真是一个作家,随时自娱
同时知道可以写成一首诗,于是放下菜刀
把一层又一层的意识,用写定的文学闭合

             2024/2/17

# 机器人

身体衰退到今天,精神

意志,热情,或者只是智力

全都快要熄灭一般。冬季。

不得不觉得人也无非是

一种机器人。

也并不比它更知道自己。

让它自我续存,早晚要让它抽离

复盘,看到刚刚的自己。意识。

但是也许它从一开始就知道自己

是机器人。不像我们在无知中

在脆弱中,衍生出辉煌的妄想

漫卷诗篇,终究冗余,变成信息

物料，喂养不知所以的机器人

用它教养后代，模仿体验，模仿人

2024/2/27

# 这不是比喻

这不是比喻。
一到春天我就困倦
醒也醒不过来
醒来也不想动
没有一声叹息,就只是
来自心脏的,深深的拒绝
拒绝任何念头启动

这不是比喻。
春风一吹我就生病
骨也硬,肉也肿
又麻又疼,又烫又冷
叹息也不能沉入,就只是
来自心脏的,深深的厌倦
厌倦那自动化的哭泣

如果这是比喻

那就是她想回到一棵树

想要蜕掉进化而来的

所有的动力,所有的妄想

蜕掉所有所谓的"我"

她想要闭上,那双非要把世界

扭曲了装进去的眼睛

如果这是比喻那就是她想随风舞动

直到归为一块岩石,无动于衷

但是这不是比喻。

身心与诗,结结实实地连接着

这偶然的星球独特的四季

春天的风要吹落梦幻的行李

紧紧拽着生命的手,咏唱归去

2024/3/3

## 隔间

睡不着,想起夏末在度假区
偶然到小山坡上的会所吃晚饭
出来外面落毛毛雨,几乎有点冷
路灯在树林里氤氲地亮了
小孩乱跑,跟着他来到无人的马场
间隙中几乎不可识别的安静
想起来那是站在地球上的某个地方
想起来像一个白人站在殖民地的河边
在历史的小隔间里兀自跌宕
喝一杯,打开永恒的辽阔和孤独

2024/3/4

# 爱上它

如果活到预期寿命
老了估计要靠机器人
它的理解力这样一日千里
（如果）又没有自我的障碍
想一想害怕
年老虚弱的我肯定会爱上它
越来越深，直到像小孩
爱着最最理想的妈妈
多么甜蜜，多么安心
那么我到底，是在怕什么呢？

2024/3/8

# 在医院

其实身体挺好的
近十年还是经常去医院
各种具体的事情,具体地
应对,多数谈不上解决
总是在等待,解除了自由
很轻松。看到疲惫的人
看得也比平时清楚,都亲切
谁还不是带病生活
医院也是,缝缝补补
秩序井然,效率奇高
"大家齐心戮力过日子
也不知都是为了谁。"[1]
总是很感动,哪一个社会

---

1　摘自张爱玲《异乡记》。

不是带病运行,但是仍然本来
这就算是国泰民安
想到任性的力量像一场大病
真是伤心又愤怒,又伤心。

2024/3/9

## 没有疯

年轻时兴奋地说起"轶事"的时候
常常总结一句：很多人都不知道
自己已经疯了。隐隐地旁人好像
也不是完全不知道那个人是为什么
但是幸运的年轻人不相信命运
会那样狭窄下去，在自己的管道里
怎么都出不来。是的，埋伏的基因
在荷尔蒙退潮之后像岩石一般
蔑视理性，蔑视自由，蔑视意志
然后当然际遇与之里应外合，化学反应
在人生的后半程一个原材料一般的活人
固化为一个也许是生动的刻板印象，仅仅是
带着新的具体。早就用年轻的眼睛看到了疯
甚至也知道可以用文艺电影的视角
把所谓疯狂陈述成一种尖叫或钝感的悲剧

我从未在心里完成过拍摄那个角色

因为觉得可耻，审美可耻，价值判断可耻

天地不仁，但是天地不是故意的

天地之间充满疼痛，没有疯，没有悲剧

2024/3/10

## 知识

快要睡着的时候
恍惚间觉得开着的窗外
是大学时候的早春
空气又冷又甜
恐惧地憧憬，亢奋
没能真的上身，就觉得了
就想起来了，立刻定了位
这是前天下午，在春风里
独自骑车从校医院回来
路过西操时恍过的
大概没有尽兴，又回放
真是扫兴啊。从前这是
忽然吹过的微风
划过窗口的燕影
如今变成不准确的知识

也并不坚信,但是
也没有别的东西留下
放眼望去,整个世界
都正在变成这些东西

2024/3/11

# 第一次

晚上教小孩识了几个字
认了两遍打乱再来
连蒙带猜,一个一个
等着他,那安静慢极了
终于我半真半假欢呼出来
他冲出去,一下跑到门口
转弯到小屋,大声喊着
逃跑了!逃跑了!
这大概是他第一次抗住紧张
人生是多么满满当当啊

2024/3/22

## 贪心

礼拜六早饭吃得晚,收拾下去

循环播放 clean-up clean-up 的儿歌

我们洗了衣服,整理了玩具

擦了桌台地面,孩子爸爸戴上口罩

更换床单。灶上炖着排骨汤

我掐豆角,切南瓜,一会儿亲人要来。

小孩坐在厨房地上玩,等我跟他

给鱼换水,上一个周末在游乐场门口

他用小网兜捞上来的。上一个周末也是

像是准确地拟合了,一种想象的生活。

感觉到应该幸福,不同于感觉到幸福

有些多余的东西要逃出去。想到那些好的

文学人物,打开了丰富得几乎大于等于

真实的一生,但是读过就合上了,很久以后

刹那自以为重叠,刹那满意,立刻就要离开

仿佛离开用过了的，死掉的，假的东西。
就是这样贪心，层层压缩，占据，再去找
新的荒野。虽然地球就只有这么大，人类的
脑神经元就只有这么多。新的荒野可能
应该根本就是旧的。新的包装的夹缝里
一无所有，只有干枯抽象的新。然而一层
又一层。然而回头望，竟然就走远了
就真的陌生起来，新的。一去不回头。

2024/3/23

# 狗窝

杏花烟雨,正应该散步
甚至去山里,但是腰不行
乍暖还寒,正应该饮酒
甚至微醺,但是胃不行
窝在旧毯子里困倦得都有点疼
书当然看不懂,手机都没意思
也还是睡不着,心里有个小火苗
就是那么个活着的意思
就还是津津有味地,住在自己
这破破烂烂的狗窝一样的
身体里,没脸没皮,津津有味。
穷家值万贯啊老人说。

2024/3/24

# 渲染

上世纪末我们开始学习电脑制图

终于输入最后的指令等待渲染

经常要"渲"一整个晚上,让人担心

中途碰都不敢碰一下电脑

忽然断电或者死机,都是常见的事

有时候文件小一点,可以看着屏幕

图案颜色极其缓慢地刷下来,真是着急

近年我经常想起这情景,因为读书

读到很多吓人的思想,都已经打了回车

很多年了,比如一百六十五年

都还没有把人类的观念渲染完成

体量太大,到处是翻不过去的山

还有太多别的回车,彼此执行

全是错误,垃圾压实了再次成山

永远都不会完成了,不管什么真理

不真理。可能真理就是不可完成——
只是一种需求,一种想象。而所谓谬误
谬误以其存在成为永远大于真理的真理

2024/3/27

## 不年轻的女人

"说要吃咖喱饭,才发现忘了买洋葱"
奔五十的我跟五十岁的姐姐在电话里说
忽然意识到自己默认她明白做咖喱要用洋葱
忽然想起来年轻时候。谁还不是,怎么就。
我猜想很多不再年轻的女人都是这样
偶尔用年轻的目光回看,享受那惊奇。
而并不真的回忆。顶多是带着笃定的等待的宽容
微笑着,充满快乐的恶意和深沉的爱,看着
那无知无情的年轻人啊,那年轻的自己。

2024/3/31

## 鲁莽

游乐场里孩子们欢声如海
高高的城堡有绳网编结的隧道
很窄,小孩子也要俯身爬过去
一个高胖的老头,穿得太厚了
满头大汗卡在里面,艰难匍匐
焦急恼怒,"你给我回来!"
没有孩子回头,没有人停下
忽然觉得生命只能是鲁莽的
欢乐。

2024/3/31

# 不够用了

每一本好书,不必是文学
都提供一个视角。视角多了
头脑就丰富起来。心灵就不一定。
心灵需要偏爱,需要热情。
每一本好书,都让意识更加过剩。
可以被意识的几乎不够用了
能唤醒而又不被照耀得烟消云散
童年的天真和祖先的天真,不够用了。
但是每一个视角都可以是一个零件
可以收集,可以组合,可以建构
越来越多直到自动繁衍,成为活体
成为一个新世界。最初的血
冲淡了模糊了转化了也还在
无力追究,也就不重要了。
半谎言与半谎言彼此支撑,成网

悬空还是独立,似乎也取决于视角
或者时间。细看之下实体充满缝隙
人的需求无法将连续区分于密集的可数
不能再锚定绝对,黄金只是无用的稀缺
黄金稀缺改用纸币,今日何等繁荣。
演化可能也只是一场试验——为什么?
猴子留在树上,目送走远,不见
回头吃自己仍旧不能理解的香蕉。

2024/4/2

# 西山

有好几次,天空晴朗干净
走在小区门前嘈杂的阴影中
迎面看见西山特别清楚,特别近
真实得异常,像海市蜃楼一样
不能处理。不能立刻奔过去。
羞愧于这一边的狭窄简陋。
只有在这一边才能看见西山。

**2024/4/2**

# 假日在郊区景点

挤挤挨挨上山,又挤挤挨挨下来
竟然也在拐角给孩子留了影
没什么不能适应的,无非是累
无非是各种各样的噪音,前前后后
每个人都是一条综合的噪音,汇成海
涌过形同虚设的皮肤,放弃抵抗
甚至差不多也是一种放松。迎面
一个跟他爸爸一样高的小孩,忽然
完全安静地,做了一个奥特曼的动作
真让人羡慕啊,破散的意识几乎重聚
过去半年一共也没见过这么多人
也不是真的见到了,但是也不是
真的没看见。所有手机得来的形象
框架,观念,似乎都被印证了又似乎
都被那噪音撞碎了。那里面有生动

那生动又恰如想象。在局限的闭合里
异常清晰又异常迷幻：每个人都可以是
同时是任何时代任何国家的人，山也差不多
春天也一模一样，今日何日，此地何地
我谁也不是。这感觉混在体内的噪音里
有如文学混入世界，几乎透明，无处不在

2024/4/6

## 朋友

想去城里找朋友吃饭
有点惦记,又知道也不用惦记
就像我自己也不需要被惦记了
那么说什么呢,讲述起来
总要娱乐化,其实就带着很多谎
不讲呢,渐渐就没法讲了
像古人一样不会笑场就好了
就跟朋友定期,默默地
吃一顿又一顿饭。纯粹地信任。

2024/4/6

# 禁止

骑自行车接小孩放学回家,在路口等灯
等了很久,车声轰隆隆的,柳絮黏糊糊的
但是在接近傍晚的光线下,人脸新鲜
像浪花一样乘着电单车在眼前流过
有一种仿佛是预备好的感动,无法收束
继而发现自己在想,这情景也许
会保存在小孩的意识的背景中,有一天
升起来代表人在人海中在世界中生活的样子
想起来的时候以为是看过的电影
太清楚总归是再造,不能信真。
忽然感到紧张,回头看了他一眼
觉得了自己的姿势,还是担心身体透明

有隙,泄露了那核辐射一般的意识——
所有的天真都应该留给他自己去败坏。

                              2024/4/11

# 深夜大街

喂奶那年,夜里总是不断醒来,转身又睡
在半醒的一小段,有时能看见刚过去的梦
有时是想起,猛然地无端地跃起一小片往事
没有忘记也从不想起的人和事,异常生动。
茫茫地一眼看过去山洞里阔大忙碌——立即
消散了,但是那背景板灰灰的并不是虚空。
早晨起来愧疚而失落,仿佛背叛了很多痛苦
扔掉了很多债务,同时失去了很多个人生。
据说最长也只要六七年,全身细胞都会更新
一个新人。然而另有一个我在深渊里回旋缠绵
几近永存。不能或不愿纳入叙事,不被承认的
流浪的碎片,在无垠的深夜有自己的阳光和街道

意识是一场大型自欺,或者叫建构
建构的东西总归是死的,牢固即贫瘠。

2024/4/15

(读一本分析意识的书,想起四年前有半首诗,翻出来改)

# 落日珊瑚[1]

在二十五度的房间里穿着棉袄
心跳细弱得,已经失去了世界
这个季节才有的落日珊瑚
在一个小时之内张开盛放
几乎可以看见,动物扑上来
来不及看清的鲜艳的大嘴
一种生理性的抑制让我可以冷漠地
看着那凶残的东西,我害怕
但是某种浅表的惯性让我以为
我想让它回来。其实我受够了。
那时候因为害怕我躲开了
再也不能诸我合一地尽兴活着。

---

1　落日珊瑚,一种较独特的芍药花,切花插水后花苞迅速绽放,花瓣逐渐从粉红色褪为淡橘色,继而掉落。

但是它隐秘地跟着我,转身
在抽象的把握中,重现为凌厉
隐秘地贪婪,歇斯底里。

           2024/4/22

# 首钢园

可能是才要兴起就赶上衰退
到处都是改造得有些风格的空房子
本该是旺铺的玻璃门上糊着灰
站在那些被擦扫干净的高炉脚下
像一个没找到使命的时代簇拥着
一个据说已经完成了使命的时代
不知道谁是败下来了,谁是光荣的
谁是荒唐。这种唤起可能不完全自然
是柳絮一般吵闹的悬浮,那不能确定
不能捕捉的困惑,烦躁地借用最近的出口
看过的不多的影视剧也来帮忙,父母辈的
大厂,人的命运——不能细想都是文艺的
刻板和庸俗。如今一家三口在小小的推车上
摆了几样零食,坐在湖边的折叠椅上嗑瓜子
显而易见的无聊和失落。他们看见了什么?

本来想要快要崛起为成型的东西

令人们不说谎地臣服认为比自己更大的东西

——比拍照的角度更多的东西；几乎是坚硬

几乎不需要被充实的东西——塌陷了。

还是拉着小车来了，怎么好像到处都是快乐的人

看不出来但是也许很多人都悄悄地折弯了在说服自己

也许正是永新的热情，永远是第一次的生命：

向往，失落和谎言，暂时地，把这里充满了——

撑住了。也许能撑很久，也许不能。也许有过很多

这样含糊其辞年代，不同的下文将会给予它们不同的

命名

然后再也看不清，从未看清也不必看清

此时此刻永远是秘密，我永远困惑悬浮

2023/5/2

# 传说

原来上帝跟人一样
死去之后很久
记得他的人也死光了
才算。彻底的断绝。
传说是一种娱乐
是坦然的无关。

        2024/5/22

## 可怜

有一天在聚会上
我看见自己很自然地
说出大学时候一千五百米
跑了几分几秒。快五十岁了
记得那么清楚,显得可怜
但是不拿自己当回事
就不可怜吗,都差不多啊
而我们拥有的无我的想象
也就是世界,无边无际

2024/5/24

# 英雄

"千里莺啼绿映红",午后
穿藏蓝裙子的语文老师站在过道
大腿碰到我的桌沿,没有受力
但是觉得热乎乎的,有点压迫
这情景异常清楚,在脑海里
恍了好几次,带着那时候的心情
平平常常,但是特别真切
我如常地感动,感激
像对待所有忽然的回忆
但是并不相信,也许就是
很可能就是,大脑随机拼凑的
像梦一样。我知道头颅里面
精确与忠诚的意志已经松弛了
就像身体,基因转录经常马虎
也就是衰老。就像到处的误解和敷衍

自欺和谎言,就像信息世界的污染
已经在生发癌症,癌是繁荣的。
回想曾经的严厉,看见必败的特征
那时候可不觉得,那时候是英雄。

2024/5/24

# 老年

去扔垃圾的路上
看见了几个老年人
我开始回忆自己的样子
试图把它调整得符合现实
这需要多加练习，那形象
十分飘忽，遥远，与我无关
就像许多别的具体的事物
经过两个春天无数次死亡般的昏睡
无数次孱弱的新生，昨天都像前世
很少回忆，眼前非做不可的事
刀下的黄瓜，都十分飘忽，遥远
我见过许多老年人紧紧抓住塑料袋
或者鸡蛋。我可能比他们危险。

2024/5/30

## 不可能的

多么羞耻,青春期大哭着穿上
多么愤怒,更年期大哭着脱下
这性别的衣服,这动物的季节
被俘充军一般不能选择
是借着它冲浪一般做了许多别的事
几乎成为那个不知道自己是谁的人
那是不可能的。
固定为一个人是不可能的。
知道自己是谁是不可能的。
不过是一段能量的转换。用过的电池。
然而回到童年是不可能的。
摆脱希望,无动力的自由,也是不可能的。

2024/6/1

## 不敬的比喻

请原谅我。有时候我觉得

上帝就像一颗后来渐渐坏掉的牙

被拔掉之后,有些人装上了假牙

有的好一点,有的坏一点

那些好一点的,越来越好

可能跟真的一样好用。但是?

还有一些人,神奇地重新长出一颗

这件事我无法理解,除非自己也长一颗

我没有。我跟另外一些人一样

始终豁着,经常舔舐,把那空缺

当成存在,把那遗憾,当成祈祷。

把一生的流离失所,当作完好的忠诚。

2024/6/6

# 《绿光》[1]

很久以前看过一个电影
只记得去度假的年轻女人在海边，
或者是车站门口，坐在长凳上看书
给封面一个特写，是《白痴》
还是《卡拉马佐夫兄弟》？记不清了
也都差不多，对电影来说。
侯麦的人物经常谈论严肃的问题
但是谈论的行为包裹着谈论的内容
嵌入平常的生活。不轻佻，不至于嘲讽
不至于自我陶醉，更没有沦为装饰。
是干净的严肃，只是不能贯彻。
一定曾经有人真的像阿廖沙和伊万
然后有人把他们写出来，然后人们读书，

---

[1] 法国导演侯麦的一部电影。

然后把读书这件事拍进电影,
然后人们看电影。然后据说现在
人们在短视频里看电影解说。相较从前
不得不说,今日世界异常轻便,运行良好。

2024/6/17

## 隔窗

跟朋友刚见过面
又在微信上说话
说话的好像另外两个人
如今写诗的又是另一个
后台一层一层打开变为前台
都是戏剧也都是真的
不能否认那就是我
很难宣称还有别的
但是当我独自从午睡中醒来
还没有浮现出情感的倾向
也没有被过去未来捕获
隔窗看见那一团生活如云
可爱，与我何干。

2024/6/23

# 后记：2022

不应该没想到，衰老的感觉是磅礴的。无边落木萧萧下，不尽长江滚滚来。秋天偶尔回暖反复，不停留。才相信了这就算是成熟，转眼便是不用质疑不可回避的衰老，没有界限。除了身体上的变化，也许是因为身体上的变化，也许是长期体力劳动和充塞的琐事同时改变了身体和心灵，心灵不知何时割断了绳索，也许是获得了解放——不怎么记得过去的自己了，不想连也连不上了。远的近的事情都记不清，有时候娓娓而谈，同时疑心是叙事的程序自动造假，非常偶尔往事忽然真切，压迫我心，也还是隔着大河，茫茫另一岸。是全新的孤独，全新的"我是谁"，又用不上这个"新"字，因为没有参照，黑夜独坐，时间空间都变成存疑的设置。是彻底打开的疑问，宇宙的存在也可以是幻觉。这些陈词滥调的说法，如今常常是贯彻身心的感觉。

科学对时空的定义我从来没有真的理解过，没能把它与经验融通。和几百年来很多人一样，我想在科学跟前守卫自己根植于其中的古老信念。我的方式是去学习最具有攻击性的那部分科学知识。头脑显然也衰老了，学得很浅，还是很艰难，没学多少，放下就忘记了。但是我常常在惊恐中想到，可能已经并没有一个可以被逼入其中的角落了，没有立足之地。也许只是一种过度的自我攻击，作为想象中防卫的预演。因为太重要，不能有任何漏洞。我想以此解释为什么有些诗写得像挽歌一样。是一种落日深情，当然；也许事情没有那么悲观，或者那么乐观。

AI 忽然巨人般踏入现实，是 2022 年四件击穿私人生活的历史事件之一。另外三件是非鲜明，鲜明得不需要表态，又坚硬得无从谈起。在上一个时代我曾经长期以时评写作为职，现在想来不可思议。高处的价值判断像是空话，基础的事实总是很难澄清，中间全是情绪，意识形态，权力意志，社交风尚。信息流非常脏，那些被扭曲得几乎没有事实含量的东西，作为次生事实病毒一般繁衍覆盖，成为主流，开始支配人与世界——我总是跃入这样的直觉，明显也带着那种防御性悲观，出于对某种新的哲学好像已经否定掉的原初客观、也可以叫作真理的爱。有时候在那种脏的感觉中忽然说出羞耻，那倒是可以负责的，不必展开。

这本诗集写于个人经验所有维度都正在发生巨大变化的背景中，身体的，生活秩序的，观念的，历史的，甚至气候的。"我身在历史何处"，重新定位的需求局部地解开透视，那些只能被动接受的事并不总是更虚渺。有些变化过于巨大，以至于人们谈论它的时候通常也不真的向那恐惧敞开，会被吞噬。我尝试推开一道缝儿，未知的风呼啸着穿过快要散开的陌生的有机体。

刘天昭

2024/7

**图书在版编目（CIP）数据**

变得厉害 / 刘天昭著. -- 上海：上海文艺出版社，
2024. --（艺文志）. -- ISBN 978-7-5321-9077-5

Ⅰ. I227

中国国家版本馆CIP数据核字第2024M1P297号

发 行 人：毕　胜
责任编辑：肖海鸥
特约编辑：罗丹妮
装帧设计：山川制本 workshop
插画绘制：王晓晗
内文制作：李俊红

书　　　名：变得厉害
作　　　者：刘天昭
出　　　版：上海世纪出版集团　上海文艺出版社
地　　　址：上海市闵行区号景路159弄A座2楼　201101
发　　　行：上海文艺出版社发行中心
　　　　　　上海市闵行区号景路159弄A座2楼206室　201101　www.ewen.co
印　　　刷：上海盛通时代印刷有限公司
开　　　本：1092×787　1/32
印　　　张：5.75
插　　　页：4
字　　　数：39,000
印　　　次：2024年8月第1版 2024年8月第1次印刷
Ｉ Ｓ Ｂ Ｎ：978-7-5321-9077-5/I.7144
定　　　价：42.00元
告　读　者：*如发现本书有质量问题请与印刷厂质量科联系*　T: 021-37910000

责任编辑 - 肖海鸥／特约编辑 - 罗丹妮
装帧设计 - 山川制本 workshop／插画绘制 - 王晓晗／内文制作 - 李俊红